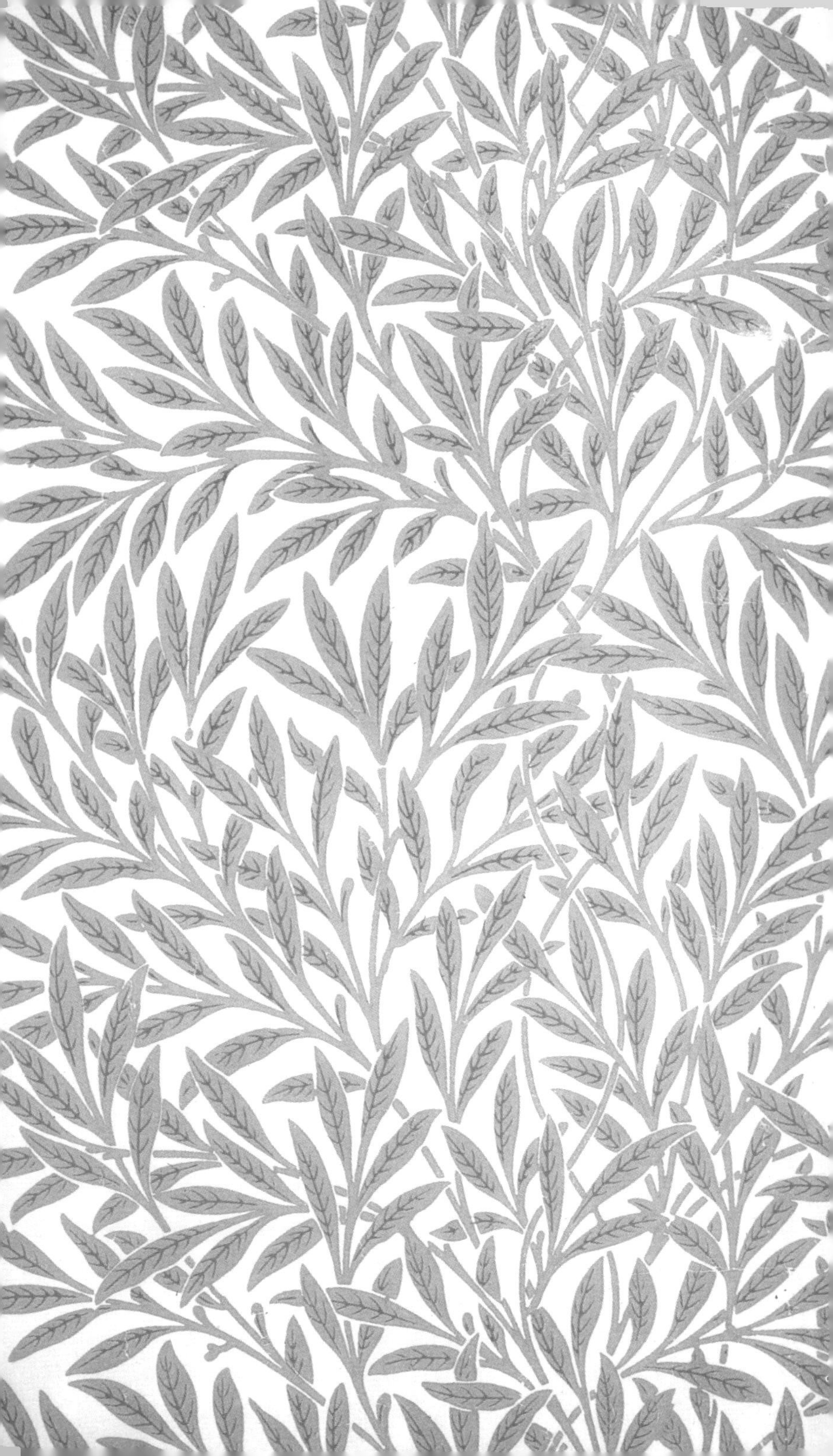

三民叢刊 304

莊因詩畫（二）

莊因 著

三民書局印行

再詩再畫——代序

二十八年前，臺灣文壇女強人—我的岳母大人林海音女士所主持的「純文學出版社」，出版了我生平的第一本詩集——《莊因詩畫》（後因純文學出版社結束營業，該書經由三民書局於二〇〇一年再版發行）。我寫了一篇〈第三枝筆〉的代序小文，說：「我在大學教書，杏壇也需用筆，是粉筆。這樣說來，我擁有三枝筆了，依序是粉筆、鋼筆、和毛筆。在這本《莊因詩畫》中陳展的，與第一枝筆無關，因為不是嚴肅的學術文章，亦非甚麼研究心得。至於第二枝筆，雖說與之不無關係，然所寫終究不是正經文章，充其量是拾舊詩之唾餘，效新詩之美顰，乃是一些勉強可稱其為『打油』，而實際上只能列為歌謠一類的東西罷了。髣髴票友登臺，完全是給第三枝筆露臉。」

這一冊《莊因詩畫》，基本上還是給第三枝筆露臉。在純文學出版社結束營業，而改由三民書局接手續刊的這一階段，實際上我都未再用第三枝筆作畫配上歌謠發表了。無論是書寫或是繪畫，都純出之於興趣與自我消遣，甚或因應朋友的慫恿及建議。而友輩中更有人鼓

勵推動我不妨付梓者。我秉性不羈，一向不喜、不善、也不慣任何事太過刻板。總的來說，自己不是一個很正經嚴肅的人。覺得友人的慫恿及建議把自己也許不甚正經的作品，公諸博雅君子，似也不失為誠實地把個人心意對外表達的一種良好方式。於是，逞匹夫之勇，遂大膽向三民書局的主持人劉董事長振強兄探詢有無可能出書的機會。原本心存僥幸，未期竟獲首肯。對方快速回函，稱：「來函所付佳作，音韻優美，甚為可觀。」並特囑從速交稿以便付梓。他的大函有如一劑強心針，讓我的僥幸虛榮之心落了實。可是，我一向懶散，自以為不宜快速交稿，而勢需再作潤飾，且詩作文字當以毛筆書寫，居然枉負了振強兄的真摯美意，竟拖延了三年之久。

我的歌謠詩作，概以今韻為則。信手漫成，不加推敲。不會予人「吟安一個字，撚斷數莖鬚」的痛苦感受。今韻既是打油神髓，非此不足以符合「今」義。無韻的現代散文詩作，有詩之名但缺詩之韻，好像張口不見齒牙，很難讓我接受是「詩」。詩，本來就是可歌可詠的謠，要詠，有韻更佳。是此，我堅持詩必有韻，無韻不成詩。依此，現今所謂的「現代詩」，倘若無韻，我認為即不宜再稱之為「詩」了。這就像「詞」，脫胎於詩，解去了詩的僵硬體制，而以新的「長短句」姿態成為另一文體。且保存了詩的韻，又擁有自身的嶄新韻味，而風華萬千。無韻「現代詩」似也宜理應如此，自有新名才是，不該一再閃閃躲躲，強穿著「詩」的嫁衣了。

也許，這是我的一種堅持，因為自覺有理。

其次，要向讀者大雅君子說明的，是本書中的詩與畫，都屬自我遣興。既要「遣」，則寫與繪的自由度，就大到幾乎無遠弗居了。因此，在遣辭用字上，或許會有令人感到「不安」之處。書中的詩作及繪圖，這次還是以第三枝筆出之的原因，是我對於毛筆的私情，認為它的藝術功能最足以讓我淋漓遣興，乃是較用「第二枝筆」更為合適的。

童子舞耍大刀，往往憑其蠻勇。本書之有幸與讀者謀面，似也同理。在舞刀稱快之餘，我要特別向三民書局的主持人劉董事長振強兄致以敬意與感謝。感謝他對我的理解、寬容、憐憫、錯愛、和鼓舞。當然，我更要感謝他賜與我舞耍大刀的機會和場地。

二〇一六年五月在天之涯美國加州酒蟹居

莊因詩畫（二）

目次 CONTENTS

大千處處可為家
隨緣何需著袈裟
老去人間談妖鬼
閑来燈下畫鴉蛇
無寵不驚輕似燕
多情枉恨亂如麻
飲酒啖蟹行吾樂
消食化氣有苦茶

五十自壽

大千處處可為家　隨緣何需著袈裟
老去人間談妖鬼　閑來燈下畫鴉蛇
無寵不驚輕似燕　多情枉恨亂如麻
飲酒啖蟹行吾樂　消食化氣有苦茶

我幼逢中日戰亂，四處流浪。少年時期國共齟齬，隨家避亂，離大陸遷臺。及長，大學卒業後遠赴澳洲，再轉美國。棲遲域外迄今，忽忽竟五十載餘，可謂漂泊一生。我友故韓國教授詩人許世旭有句謂「移動的故鄉」，最得我心。

乙未年正月初二八一老叟莊因誌

棲遲域外五十載
垂老歸去舊家園
阿兄阿姐神色喜
老弟老妹兩惻然
同是天涯淪落人
相逢加州金山灣
歲歲懽聚三五回
酒蟹笑語鬧聲喧
金山四時風光好
江南荷柳更增妍

陰溝自是不流水
吳儂軟語掛唇邊
漢堡披薩古德拜
鱸燴蓴羹醃篤鮮
大海遙隔波浪闊
故國他鄉一綫間
叮嚀再三頻揮手
福壽長樂月常圓
黃浦灘頭重逢日
花旗故事說萬千

贈繼昌、蔡玲兄嫂歸棲滬上

西元二〇〇二年（歲次壬午），趙繼昌（前史丹福大學航空工程系教授、臺灣成功大學航空工程系創系教授）兄攜夫人蔡玲嫂於退休後離美歸返中國，定居上海。詩以為別。

棲遲域外五十載　垂老歸去舊家園
阿兄阿姐神色喜　老弟老妹兩惻然
同是天涯淪落人　相逢加州金山灣
歲歲懽聚三五回　酒蟹笑語鬧聲喧
金山四時風光好　江南荷柳更增妍
陰溝自是不流水❶　吳儂軟語掛唇邊
漢堡披薩古德拜❷　鱸膾蓴羹醃篤鮮

大海遙隔波浪闊　故國他鄉一線間

叮嚀再三頻揮手　福壽長樂月常圓

黃浦灘頭重逢日　花旗故事說萬千

---

❶ 陰溝流水，英文 English 一詞之音譯。

❷ 古德拜，英文 Goodbye 一詞之音譯。此處意指不必再依靠英語為生活之必然條件也。

女人四十一枝花
細思此言信不差
洵美綽約臨風立
淡妝濃抹四時佳
我家娘子俏美麗
有口皆碑衆人誇

窗明几淨無纖塵
相夫教子全杖她
窩居狹陋容常滿
有酒有蟹有魚蝦
鷄婆過壽咕咕叫
鷄公昂首翹尾巴

美麗四十初度

女人四十一枝花　細思此言信不差
洵美綽約臨風立　淡妝濃抹四時佳
我家娘子俏美麗　有口皆碑眾人誇
窗明几淨無纖塵　相夫教子全杖她
窩居狹陋客常滿　有酒有蟹有魚蝦
雞婆過壽咕咕叫　雞公昂首翹尾巴❶

❶ 酒蟹居男女主人皆肖雞。

西元一九八五年，娘子美麗年屆四十，老夫打油申賀。次年，吾友楊牧、鄭清茂二教授先後做客酒蟹居見及，各依原韻為和，一併錄此以傳佳話。

女人四十一枝花　莊二作詩自己誇
緣因床頭人過壽　沒有表現恐太差
二嫂斯文又美麗　裏外大小一把抓
白頭郎君老柴進　英雄少年好傳家
雞婆夫人夏無垢[2]　青紅皂白不管它[3]
但教酒蟹席常設　不請人間×××[4]

---

[2] 美麗持家殷勤，窗明几淨、物各有序到位。楊牧大為讚賞，遂以「無垢夫人」相贈。

[3] 美麗個性率直，口無遮攔。行事作風單刀直入，不計後果。

[4] ×××者，即「某某某」也。音叉。楊牧此指拒與同餐共飲之輩也。

女人四十一枝花　濃妝淡抹總不差
腰肢未許同儕儗　風韻長存日夕佳
有幸嫁得莊二爺　老來益壯內心誇
喜怒笑罵都是愛　二爺之死矢靡他
聖人有言食色性　暮雨朝雲後啖蝦
牝雞司晨啼不住　公雞翹尾裝啞吧

西元一九八五年（歲次乙丑），美麗四十，二爺有詩為壽，牧之和之。在下默耕美東（麻州），今始讀之。忝為二爺、美麗月老，豈可緘口。乃以黃家體步二爺韻成詩一首。時丙寅仲夏，美麗又年輕一歲矣。聞蝦類最富荷爾蒙，二爺宜多食之。苦瓜生清茂酒蟹居戲筆。

晃眼半百老母雞
嫁與莊生念五期
相夫教子裏外挑
不聽調配粉掌劈
娘子生性麻利急
討厭黏糊和稀泥
遑論東西與南北
管它三七二十一

精力足　笑嘻嘻
轉眼談說一桌席
鼎鼎功夫世稱奇
親友成羣呼嘯至
嘉賓常滿座不虛
酒蟹居中茶酒香
莊二有幸得嬌妻

戲贈美麗五十壽

晃眼半百老母雞❶　嫁與莊生念五期
相夫教子裏外挑　不聽調配粉掌劈
娘子生性麻利急　討厭黏糊和稀泥
遑論東西與南北　管它三七二十一
精力足　笑嘻嘻
轉眼談說一桌席　鼎鼐功夫世稱奇
親友成群呼嘯至　嘉賓常滿座不虛
酒蟹居中茶酒香　莊二有幸得嬌妻

---

❶ 美麗生肖屬雞。

西元一九九五年三月，美麗年屆半百，老夫漫成俚句為賀。俗語村言，娘子其諒之。花甲老人棲遲域外凡三十載矣。

管它一坨柳一盒
千謝萬謝不嫌多
甜在心裏何需說
美不自勝把手搓
伏案捉筆頭搗蒜
明年請再寄一盒

答謝二鄭兄嫂威州遙贈CHEESE

其一

管它一坨抑一盒❶　千謝萬謝不嫌多
甜在心裏何需說　美不自勝把手搓
伏案捉筆頭搗蒜　明年請再寄一盒

❶ 再發、雪真兄嫂數年來每於聖誕佳節前夕，必自威斯康辛州遙寄「氣死」(CHEESE) 賀歲。今年（二〇〇五年）改寄糖果一盒代之，是新點子，卡好（臺語謂「甚佳」也）。

遙想張臂哈個骨
只怕雪真嚇得哭
花容失色不待說
搖頭一直打哆嗦
拔腿奔逃無處躲
死鬼莊因沒你轍

其二

遙想張臂哈個骨❶　只怕雪真嚇得哭
花容失色不待說　搖頭一直打哆嗦
拔腿奔逃無處躲　死鬼莊因沒你轍

❶ 哈骨，英文詞 Hug 之日語發音中譯也。

又接氣死一大坨
肅立敬謝雪真婆
雖云氣死氣不死
一天一片不為多
笑呵呵　咯咯咯
腦滿腸肥彌勒佛
腰圍三十八
袒腹不消縮

十月台北見二鄭
三次赴宴坐同桌
再發戒烟酒
莊二無奈何
謹向大嫂報實情
絕非信口黑白說
恭賀新禧過年好
氣死成金一笸籮

其三

又接氣死一大坨　肅立敬謝雪真婆
雖云氣死氣不死　一天一片不為多
笑呵呵　咯咯咯　腦滿腸肥彌勒佛
腰圍三十八　袒腹不消縮
十月台北見二鄭❶　三次赴宴坐同桌
再發戒烟酒　莊二無奈何
謹向大嫂報實情　絕非信口黑白說❷
恭賀新禧過年好　氣死成金一筐籮

---

❶ 當年臺灣大學中文系有「臺籍三鄭」（一九五二年次大鄭清茂、一九五四年次二鄭再發、一九五五年次三鄭錦全）皆品學兼優才俊。

❷ 臺語詞「黑白講」，謂「胡說八道」也。

鞠躬作揖謝雪真
年年氣死送愛心
但聞不嚐又不理
死鬼莊因不是人
今年氣死特別好
大嫂親荐最足珍

聞說再發勤看診
料係蓬萊煩惱尋
二鄭為人太方正
萬事尋求一百分
酒蟹達生學莊二
弗需藥石自有神

其四

鞠躬作揖謝雪真　年年氣死送愛心
但聞不嚐又不理　死鬼莊因不是人
今年氣死特別好　大嫂親荐最足珍
聞說再發勤看診　料係蓬萊煩惱尋❶
二鄭為人太方正　萬事尋求一百分
酒蟹達生學莊二❷　弗需葯石自有神

---

❶ 雪真嫂函稱，再發客座講學臺北，因個性方正、治學不苟，常自鬱難解；加以身在域外長久，對臺灣氣候略感不適，時有微恙。煩惱尋者，自討苦吃也。

❷ 歡迎再發前來酒蟹居小住，換換環境，聽酒蟹主人打諢扯淡，吃魚鮮啖大螃蟹，管保勝似仙丹靈藥。

感謝雪真鄭再發
氣死一塊收到啦
故人情寄雲天外
綠衣人兒送到家
手舞足蹈笑哈哈
古稀老叟三歲娃
域外棲遲豈孤寂
良友心中有俺咱
梅竹蘭菊松栢配
芙蓉出水是蓮花

其五

感謝雪真鄭再發　氣死一塊收到啦
故人情寄雲天外　綠衣人兒送到家
手舞足蹈笑哈哈　古稀老叟三歲娃
域外棲遲豈孤寂　良友心中有俺咱
梅竹蘭菊松柏配　芙蓉出水是蓮花

母鷄會下蛋
不勞另一半
咕達咕達啼
一遍又一遍
驕驕有雌威
昂首鎮八面
瑩瑩映珠光
粒粒皆璀璨
坐孵若觀音
蓮花生佛殿

雄鷄遠走避
不敢相觸犯
客来請留言
豈可白喫飯
有話直須説
哪怕瞎扯淡
主人位盡設
怠慢殊疚歉
甲子二月春
聊誌以為念

酒蟹居母雞會❶

母雞會下蛋　不勞另一半
咕達咕達啼　一遍又一遍
驕驕有雌威　昂首鎮八面
瑩瑩映珠光　粒粒皆璀璨
坐孵若觀音　蓮花生佛殿
雄雞遠走避　不敢相觸犯

❶ 母雞會，「太太俱樂部」也。一九八四年（歲次甲子）三月三十一日假加州山景城酒蟹居寒舍舉行，男主人走避戶外。正是：
母雞司晨喔喔啼　公雞雞雛一腳踢
酒蟹居中辰光好　放言吃喝最相宜

客來請留言　豈可白吃飯
有話直須說　哪怕瞎扯淡
主人位虛設　怠慢殊疚歉
甲子二月春　聊誌以為念

母雞會下
蛋不勞另
一半
咕達咕
達啼
一遍又
一遍
驕驕有
雌威昂
首鎮
八面

參商久不遇
天涯各西東
棲遲相會難
把盞一夢中

喆、靈二弟相約酒蟹居

一九九〇年六月九日，四弟莊靈因公自臺來美，與三弟莊喆（時居紐約）相約會於酒蟹居。余與喆候之良久，未見靈弟到來，不得已先行晚宴，大失所望。二詩之次首為喆弟漫成。

參商久不遇　天涯各西東
棲遲相會難　把盞一夢中

三闖酒蟹居　專期古城會
不見四爺人　酒蟹淡無味

莊喆馬浩

地設天造

牽手藝壇四六載

松下巖間聽波濤

石蒼雲燦大塊景

萬物和諧嘆美妙

畫為心印心連心
靈通道遠道復道
暮年千里志
老境樂逍遙
一世夫妻共彩筆
滄海晴空白雲飄

莊喆、馬浩畫展台北

莊喆、馬浩，一九五七年臺灣師範大學藝術系同屆畢業。因相識長久、志同道合，終結為夫妻。

莊喆馬浩　地設天造
牽手藝壇四六載　松下巖間聽波濤
石蒼雲燦大塊景　萬物和諧嘆美妙❶
畫為心印心連心　靈通道遠道復道
暮年千里志　老境樂逍遙
一世夫妻共彩筆　滄海晴空白雲飄

---

❶「石蒼雲燦」為喆弟此展主題。「萬物和諧」為馬浩此展主題。

俚語村言本一絕
賀喜壽星莊四爺
七十古希今不希
摘下一天過小節
百般事　逐一學
光腳旦丑弗穿鞋
死結活扣善拿捏

滿碟炒蛋加番茄
牛肉上湯配鍋貼
細嚼慢嚥不打噎
虎落平陽任馳騁
八方四面難停歇
九十過了人之瑞
不登泰山休言別

靈弟壽登古希

俚語村言本一絕　賀喜壽星莊四爺
七十古希今不希　摘下一天過小節
百般事　逐一學
光腳旦丑弗穿鞋❶　死結活扣善拿捏
滿碟炒蛋加番茄　牛肉上湯配鍋貼
細嚼慢嚥不打嗝
虎落平陽任馳騁❷　八方四面難停歇
九十過了人之瑞　不登泰山休言別

---

❶ 自本句起迄「細嚼慢嚥不打嗝」句，乃舉例說明凡與長輩親人日常生活相處之道，事事必細琢慢磨，甚至委曲求全，方以竟全功。靈弟與夏生，侍奉老父老母數十載，無怨無悔。

❷ 靈弟肖虎。二老逝後，方得全力投入藝術工作生活。遷居淡水之後，環境幽靜舒適，生活步入正軌。

咔嚓咔嚓
一閃一抓
閃個什麼
抓的是啥
大千世界
麻麻花花
瞬間永恒
有靈是他
穿心透機
一觸到家

二〇〇八年靈弟「莊靈・靈視」攝影展台北

咔嚓咔嚓　一閃一抓
閃個甚麼　抓的是啥
大千世界　麻麻花花
瞬間永恒　有靈是他
穿心透機　一觸到家

西門施氏年古希
今世人兒不足奇
高職優俸拱手讓
半導之父蓬萊居
弗坐官衙不受敵
冷了渾家王令儀
海峽兩岸植桃李

為國育才中華期
深情大愛動天地
千秋萬代鬼神泣
棲遲老漢天涯客
有幸識荊在灣區
俚語村言来拜壽
無酒無菸無豚鷄

施敏教授七秩嵩壽

西門施氏年古希❶　今世人兒不足奇
高職優俸拱手讓　半導之父蓬萊居❷
弗坐官衙不受敵　冷了渾家王令儀
海峽兩岸植桃李❸　為國育才中華期

---

❶ 西門，施君英文名 Simon 之中文音譯。

❷ 施敏教授，臺灣大學電機工程系畢業。負笈來美，獲史丹福 (Stanford) 大學電機工程博士學位。施君專攻半導體 (Semiconductor) 專業，全美學界權威。有「半導體教父」美譽。其英文大著 Semiconductor Devices——Physics and Technology 一書，被公認為半導體專業之經典作，一時洛陽紙貴。全美大專學校指定為必用教材。施教授捨高薪優職，毅然離美返臺，為造育中國青年才俊，執教於交通大學。施君現亦為臺灣中央研究院院士。

深情大愛動天地　千秋萬代鬼神泣
棲遲老漢天涯客　有幸識荊在灣區
俚語村言來拜壽　無酒無菸無豚雞

❸ 施氏在臺任教期間，每年定期赴中國大陸各大學講學，為民族育才。志向千里，深受愛戴。

施敏王令儀
五十載夫妻
回首兩相望
噫噫復唏唏
歲月過眼去
深情永不移
娘子生性麻利急

郎君但笑勤作揖
地久天長算個啥
你儂我儂無盡期
無盡期
迎風展大旗
日出東方不落西
天下絶配數第一

賀施敏、令儀兄嫂金婚

施敏王令儀　五十載夫妻
回首兩相望　噫噫復唏唏
歲月過眼去　深情永不移
娘子生性麻利急　郎君但笑勤作揖
地久天長算個啥　你儂我儂無盡期❶
無盡期　迎風展大旗
日出東方不落西　天下絕配數第一

---

❶「你儂我儂」為臺灣流行名曲中語，謂兩情繾綣至深。

良緣締結杜鵑城
永誓今生不分離
漢子丁邦新
渾家喚陳琪
右手調聲韻
左手攬嬌妻
相敬如賓似膠漆
治水江河渴飲溪
夫唱婦隨走天涯
今日在東明在西

中港台美遍四地
撲撲風塵未暖蓆
流光抛人時不予
域外棲遲忽古希
二十年後歸家好
老来定居在灣區
酒蟹居中一對鷄
聞說展翅高聲啼
祝願故人情萬縷
白雲悠悠無盡期

邦新、陳琪兄嫂天涯歸返灣區

良緣締結杜鵑城❶　永誓今生不分離
漢子丁邦新　渾家喚陳琪
右手調聲韻❷　左手攬嬌妻
相敬如賓似膠漆　治水江河渴飲溪
夫唱婦隨走天涯❸　今日在東明在西

❶ 臺大校園內遍植杜鵑，春來花開燦爛，花海一片。「杜鵑城」乃外人對臺大之美稱。

❷ 邦新兄二十世紀六十年代負笈來美，在華盛頓大學師從語言學大師李方桂教授治學（聲韻學、語言學），獲博士學位。

❸ 丁兄二十世紀九十年代，於加州柏克萊加大任教十年後，獲聘「榮譽教授」職，臺灣中央研究院聘為院士，臺、港、中各大學爭相禮聘。二〇〇七年始重返加州金山灣區退隱。

中港台美遍四地　樸樸風塵未暖席
流光拋人時不予　域外棲遲忽古希
二十年後歸家好　老來定居在灣區
酒蟹居中一對雞❹　聞說展翅高聲啼
祝願故人情萬縷　白雲悠悠無盡期

---

❹ 酒蟹居男、女主人皆肖雞。

数年不見張洪年
忽然現身在眼前
乍驚翻疑夢
確係故人還
髮烏黑面無斑
衣鮮亮耳戴環
笑語輕盈舊時顏

豈是古早在今天
花甲高齡新潮浪
少年馳馬著先鞭
曉茵矜持伴君邊
一似春山傳杜鵑
老夫不嘆人老矣
祇羨鴛鴦不羨仙

灣區重逢張教授洪年

數年不見張洪年❶　忽然現身在眼前❷
乍驚翻疑夢　確係故人還
髮烏黑　面無斑
衣鮮亮　耳戴環❸
笑語輕盈舊時顏　豈是古早在今天

---

❶ 二十世紀七十年代初識張教授洪年於柏克萊加州大學。時彼年過而立，然面貌俊秀清新如二十許，友輩遂以 baby face 戲稱之。

❷ 二十世紀九十年代，張君離美任教職香港，偶有書信往來。二〇〇九年夏老友邦新兄召飲，飯於柏克萊市之豐年餐廳，驚與洪年兄不期而遇。始知其方返美未久，仍任教職加大。

❸ 二十世紀中期，美國男士爭相配戴耳環，蔚為潮流時尚，多以青少為表帥。

花甲高齡新潮浪　少年馳馬著先鞭
曉茵矜持伴君邊　一似春山傳杜鵑
老夫不嘆人老矣　祇羨鴛鴦不羨仙

趙為正　盛蘭英

人生道上巧相逢

一世夫妻一世情

緣結蓬萊島

跨海到東瀛

花旗春秋棲遲早

酸甜苦辣齊經營

一世情　日月明

泥水捏成一箇我

戮力夜半起三更
結髮五十載
燦爛是此生
地老天荒不了情
攜手大步向前行
向前行 向前行
趙為正 盛蘭英
明月天涯路
旭日共潮昇

為正、蘭英兄嫂金婚

趙為正❶　盛蘭英

人生道上巧相逢　一世夫妻一世情

緣結蓬萊島　跨海到東瀛❷

花旗春秋棲遲早　酸甜苦辣齊經營❸

一世情　日月明

泥水捏成一個我　戮力夜半起三更

❶ 為正兄為我中學（臺中二中）同班學長。

❷ 趙、盛伉儷曾旅居日本。

❸ 二十世紀八十年代為正蘭英兄嫂在舊金山經營餐飲業，辛苦有成。為正親掌大廚，君子實不遠庖廚也。

結髮五十載　燦爛是此生
地老天荒不了情　攜手大步向前行
向前行　向前行
趙為正　盛蘭英
明月天涯路　旭日共潮昇❹

❹ 二〇一〇年為正兄患癌病逝。夫妻一世情篤，雖客死異鄉，然其忠堅情愛一如東昇旭日，光照人間。

逝水流年四十載
回首来路信有緣
喜怒哀樂共冷暖
吵吵鬧鬧碧雲天
打是情来罵是愛
吹鬍瞪眼玩假仙
老妻老夫把手牽
蜜語枕邊加甘言
一世協和絢暉燦
無限風光泰山巔

協和、絢暉兄嫂銀婚❶

逝水流年四十載　回首來路信有緣
喜怒哀樂共冷暖　吵吵鬧鬧碧雲天❷
打是情來罵是愛　吹鬍瞪眼玩假仙❸
老妻老夫把手牽　蜜語枕邊加甘言
一世協和絢暉燦　無限風光泰山巔❹

❶ 曲兄協和，為我中學（同班）、大學兩度同窗。我妻為曲府二小姐之「乾娘」。在美兩家往來頻仍。
❷ 協和絢暉經常拌嘴，但總是雨過天青，從不記心。
❸ 假仙為臺語詞，意謂俗說之「裝蒜」也。
❹ 協和祖籍山東，彼曾言此生當伴攜老妻同登泰山。

門前拖把花
門裏好人家
主人年半百
渾家三十八
姻緣三生定
景色四時佳
有子才貌具
翩翩衆人誇
客来忘歸去
酒酣語喧嘩

論道兼文史
故國遠天涯
鄉音猶未改
白頭已蒹葭
空餘英雄氣
寒月浪淘沙
因風動萬葉
驕陽出奇葩
君問此中意
老莊自賣瓜

夏陽、莊因聯手打油

夏陽（本名祖湘），我妻美麗（祖美）之堂兄。隨軍自大陸去臺，退役後，與蕭勤、吳昊等組織「東方畫會」，推動現代畫。「東方畫會」與師大藝術系畢業之校友劉國松、莊喆等組創之「五月畫會」齊名。兩會成員對早期臺灣現代派繪畫之推介及發展具重大深遠影響。夏陽於二十世紀五十年代赴歐洲，在法國巴黎從事繪藝再創造多年，轉棲美國。夏陽為人爽朗熱誠，居紐約時，從事藝術活動外，喜讀雜書，寫打油詩。其紐約窩居樓頂畫室壁間貼滿了他的即興詩作。一九八四年八月，夏陽二訪酒蟹居，酒後與我聯手打油。此詩中之第十一、十二、十七、十八句為他的手筆。

其一

門前拖把花❶　門裏好人家
主人年半百　渾家三十八

姻緣三生定　景色四時佳
有子才貌具　翩翩眾人誇
客來忘歸去　酒酣語喧嘩
論道兼文史　故國遠天涯❷
鄉音猶未改　白頭已蒹葭
空餘英雄氣　寒月浪淘沙
因風動萬葉❸　驕陽出奇葩❹
君問此中意　老莊自賣瓜

---

❶ 當年婚後，在我執教的史丹福大學鄰近之「大學坊」(College Terrace) 賃屋而居。斯時的酒蟹居門前植有大叢 Nile Lily 花。花開時，大朵似白玉雕成，開在長枝頂端呈綉球狀，既潔又美。但花謝殘凋，花瓣鬆垂，極似用過之拖把，遂以「拖把花」命名焉。

❷ 雖已成婚，但因化番為生，不免偶有蕭索感，懷鄉尤甚。

❸ 夏陽此句，喻我在大學任教也。

❹ 驕陽，喻我教學嚴苛；出奇葩，謂嚴師出高徒也。

下樓早餐療腹飢
有人呼叫夏美麗
眾裏尋他十步內
但見夏陽吳爽熹

其二

台北神旺飯店巧遇夏陽❶（一）

下樓早餐療腹飢　有人呼叫夏美麗
眾裏尋他十步內　但見夏陽吳爽熹

❶ 二〇〇六年，在臺北逗留期間，投宿忠孝東路上之神旺大飯店。夏陽則自上海赴臺北畫展，亦投宿神旺。

老来有伴夏美麗
白髮無多今更稀
餖飣文字何足道
但存空空大肚皮

(二)

老來有伴夏美麗　白髮無多今更稀
餖飣文字何足道　但存空空大肚皮❷

---

❷夏陽調我想必仍時有文章發表，笑答餖飣文字何足道哉。又笑謂我體胖肚凸，乃滿腹經綸福相。我笑稱大肚皮是實，但非滿腹經綸，空空如也。

白髮蒼蒼老夏陽
未期相遇在神旺
一別十載不見君
但聞移居棲滬上
容顏依舊情神在
老當益壯精氣爽
古希猶發初春枝
國仇家恨信手揚
九洲未同天涯遠
大千處處是吾鄉

(三)

白髮蒼蒼老夏陽　未期相遇在神旺
一別十載不見君　但聞移居棲滬上
容顏依舊情神在　老當益壯精氣爽
古希猶發初春枝❸　國仇家恨信手揚❹
九洲未同天涯遠　大千處處是吾鄉

---

❸ 夏陽畫風，老來又大變。「古希猶發初春枝」句，此之謂也。

❹ 夏、莊二人，皆臺灣二十世紀五十年代早期反共（匪）抗俄（寇）階段之少年。如今時移事易，國仇家恨俱往矣。

七十古希今不希
八秩老兒方足奇
半生棲遲寄域外
日暮鄉關嘆歔欷
人生朝露如春夢
夢醒頓覺日已西
粗茶淡飯最相宜

蔬果勝似滿漢席
清酒一杯暖在手
淺酌慢飲能解疲
故鄉移動在江海
山川人物漸依稀
家國兩忘行吾樂
遠浦風帆逍遙居

遠浦兄八秩華誕❶

七十古希今不希　八秩老兒方足奇
半生棲遲寄域外　日暮鄉關嘆歔欷
人生朝露如春夢　夢醒頓覺日已西
粗茶淡飯最相宜　蔬果勝似滿漢席
清酒一杯暖在手❷　淺酌慢飲能解疲
故鄉移動在江海　山川人物漸依稀
家國兩忘行吾樂　遠浦風帆逍遙居

---

❶ 詹遠浦兄，江西籍。國共內戰期走避臺、港。及長赴日留學，東京大學畢業。成婚工作皆在日本，退休後遷美。二〇〇八年壽高八十。

❷ 日本清酒 (Sake)，宜熱飲之。

詹府當家初来美
四十方過猶二八
嬌小玲瓏人喜興
嫻淑圓潤衆口誇
樂愛山居擎天柱
裏外大小一把抓
三十流年匆匆過
轉眼古希老阿婆

苦辣酸甜好與歹
萬事有命不待說
人生一似上山行
遠巒近峯景色佳
清風徐送歸巢燕
一樹楓紅映晚霞
千辛莫如今朝好
燈下小坐一盞茶

艾麗絲夫人七秩壽慶❶

詹府當家初來美　四十方過猶二八
嬌小玲瓏人喜興　嫻淑圓潤眾口誇
樂愛山居擎天柱　裏外大小一把抓
三十流年匆匆過　轉眼古希老阿婆
苦辣酸甜好與歹　萬事有命不待說
人生一似上山行　遠巒近峯景色佳
清風徐送歸巢燕　一樹楓紅映晚霞
千辛莫如今朝好　燈下小坐一盞茶

❶ 艾麗絲，遠浦兄嫂夫人林楓筠女士之英文名 Alice 之音譯也。

忽聞繞耳喇叭聲
達笛達笛笛達達
九天仙女到莊家
小名安安祥瑞花
二零零七七月七
定是人間新奇葩
誠康欣喜得玉女
老叟開懷笑哈哈

莊家自此萬事發
西施王嬙不足誇
姑娘才慧傾城色
長虹一道映晚霞
龍的傳人在天涯
仗劍江湖艷女俠
不讓鬚眉英雄氣
十年河西就屬她

安安曲

忽聞繞耳喇叭聲　達笛達笛笛達達
九天仙女到莊家　小名安安祥瑞花
二零零七七月七　定是人間新奇葩
誠康欣喜得玉女　老叟開懷笑哈哈
莊家自此萬事發　西施王嬙不足誇
姑娘才慧傾城色　長虹一道映晚霞
龍的傳人在天涯　仗劍江湖艶女俠
不讓鬚眉英雄氣　十年河西就屬她

十年一覺寒窗夢
有女學成不還家
凌風飛渡關山外
龍的傳人在天涯
歸去掩户讀書好
浮生半世守桑麻
山川日月故園景
消食化氣有苦茶

贈親家玉明、秀芹兄嫂歸返中國

十年一覺寒窗夢　有女學成不還家
凌風飛渡關山外　龍的傳人在天涯
歸去掩戶讀書好　浮生半世守桑麻
山川日月故園景　消食化氣有苦茶

二〇〇七年，歲在丁亥。歲暮，親家公玉明、親家母秀芹兄嫂遠自西安來美探視誠兒一家。我與老伴南下雅禮松挪(Arizona)會親，相處半月。次年早春三月，親家兄嫂返國，囑以俚句書寫其來美之情，不敢有違。玉明姻兄出身農家，早年其尊翁遣其讀書城中，可謂是一位有農家背景的高級知識份子。

女人四十如花佛
紅塵一夢猶日昨
建安文章有七子
嫁得良人建安哥
姻緣天定朝朝有
多情許仙愛白蛇

有子名喚鍾典哲
闔家諧樂花旗國
從容具　家事和
家事和　穩得佛
二十年後熬成婆
俛仰天地笑呵呵

小姨阿葳年居四十

女人四十如花佛　紅塵一夢猶日昨
建安文章有七子　嫁得良人建安哥
姻緣天定朝朝有　多情許仙愛白蛇❶
有子名喚鍾典哲　闔家諧樂花旗國
從容具　家事和
家事和　穩得佛❷
二十年後熬成婆　俛仰天地笑呵呵

---

❶ 阿葳生肖屬蛇，夫君鍾建安生肖屬龍。
❷ 穩得佛，英文詞 Wonderful 之音譯也。

恭賀壽登堂古希
雖稱今世不足奇
敏銳矯健似活虎
彷彿少年二十餘
東西豈會錯南北
車出馬躍定贏棋
精研典冊國之士
昂首群雛一雄雞
桃李英才遍天下

經綸滿腹俱珠璣
篤實博學性寬厚
討厭投機和稀泥
東西佳餚皆所喜
美酒一杯笑眼瞇
羨煞老王八字好
端因身畔有賢妻
祝君生日大快樂
地遠天高無盡期

正中七秩華誕❶

恭賀壽登堂古希　雖稱今世不足奇
敏銳矯健似活虎　彷彿少年二十餘
東西豈會錯南北　車出馬躍定贏棋
精研典冊國之士❷　昂首群雞一雄雞
桃李英才遍天下　經綸滿腹俱珠璣
篤實博學性寬厚　討厭投機和稀泥
東西佳餚皆所喜　美酒一杯笑眼瞇

---

❶ 王正中，臺北建國中學畢業，成績優異保送臺灣大學化學系。大學畢業負笈來美，獲柏克萊加州大學博士學位。舊金山加大醫學院退休終身教授。曾受臺灣中央研究院約聘創設生物化學研究所。

❷ 臺灣中央研究院院士。

羨煞老王八字好　端因身畔有賢妻❸
祝君生日大快樂　地遠天高無盡期

❸ 夫人李詠湘，臺大農化系畢業。來美深造，獲柏克萊加州大學高級學位。夫妻志同道合，詠湘長期襄助正中從事研究，為不可或缺之左右手。

吉人王正中
萬事大亨通
癌某小瘤三
滾你媽的東
你若耍癩皮
老子一腳掏
承平日子好
老伴多包容
無病一身輕
康莊向大同

驚聞正中染癌打油三章

其一

吉人王正中　萬事大亨通
癌某小癟三　滾你媽的東
你若耍癩皮　老子一腳掏
承平日子好　老伴多包容
無病一身輕　康莊向大同

癌姓小癟三
別他媽的歡
癩皮有啥用
跟你沒得完
若從右邊過
送你赴黃泉
要是左邊来
甭想便宜沾
小癟三　小癟三

莫要隨意打算盤
給臉不要臉
大爺我臉翻
八年抗戰史
捨命保江山
銅牆又鐵壁
烽火太行山
任你覬覦哪裏來
哪裏就是鬼門關

其二

癌姓小癟三　別他媽的歡
癩皮有啥用　跟你沒得完
若從右邊過　送你赴黃泉
要是左邊來　甭想便宜沾
小癟三　小癟三
莫要隨意打算盤
給臉不要臉　大爺我臉翻
八年抗戰史　捨命保江山
銅牆又鐵壁　烽火太行山
任你覬覦哪裏來　哪裏就是鬼門關

王正中　王正中
古希老境一碩翁
彩霞滿天旭日紅
博士國士士中士
地虎天龍龍頭龍
德高品清遣惡忌
福泰心寬熙熙風
斥小人　拍臭蟲

志豪堅　意從容
師旗飄飄鼓聲隆
沙場百戰怯虜威
南征北討西復東
王正中　中之中
中之中　人中龍
頂呱呱的大英雄

其三

王正中　王正中
古希老境一碩翁　彩霞滿天旭日紅
博士國士士中士　地虎天龍龍頭龍
德高品清遺惡忌　福泰心寬熙熙風
斥小人　拍臭蟲
志豪堅　意從容
帥旗飄飄鼓聲隆
沙場百戰怯虜威　南征北討西復東
王正中　中之中
中之中　人中龍
頂呱呱的大英雄

今朝喜鵲叫不停
四月六日佳期到
老伴一伴五十春
猶似二八妙嬌嬈
攬鏡驚魂仔細瞧
糟糕糟糕真糟糕
郎君髮落知多少
妾身花容添紋條
張臂哈個骨
坦胸緊擁抱

撲騰撲騰心頭跳
咕嘟咕嘟美酒澆
流光容易把人拋
紅了櫻桃
綠了芭蕉
夕陽無限好
彩霞滿天照
往事依稀話今朝
不老不老真不老
杜鵑花城手來牽

跋涉向前志同道
肩並肩　啟長跑
你擊掌　我吹哨
好山好水樂逍遙
老夫老妻晚景饒
良緣天定鴛鴦配
功成名就在堂廟
長虹一道掛天邊
不盡情愛逐浪高

不老歌

二〇一三年四月六日，正中詠湘金婚之喜。我因該日人在臺北，不克踵府相賀。是故提前漫成俚句「不老歌」一首，寄呈正中詠湘兄嫂。

今朝喜鵲叫不停　四月六日佳期到
老伴一伴五十春　猶似二八妙嬌嬈
攬鏡驚魂仔細瞧　糟糕糟糕真糟糕
郎君髮落知多少　妾身花容添紋條
張臂哈個骨❶　坦胸緊擁抱

---

❶ 哈骨，英文詞 Hug 之日語發音中譯也。

撲騰撲騰心頭跳　咕嘟咕嘟美酒澆❷
流光容易把人拋
紅了櫻桃　綠了芭蕉
夕陽無限好　彩霞滿天照
往事依稀話今朝　不老不老真不老
杜鵑花城手來牽　跋涉向前志同道
肩並肩　啟長跑
你擊掌　我吹哨
好山好水樂逍遙　老夫老妻晚景饒
良緣天定鴛鴦配　功成名就在堂廟
長虹一道掛天邊　不盡情愛逐浪高

❷ 正中嗜酒，加州產葡萄美酒幾每日必飲。

管他娘三章

年來親友間癌患頻傳，如暴雨狂風，令人心驚。患者每因一己情性及哲學觀，而表之於言行上殊不同：呻吟怨歎者有之；息交絕遊者有之；默讀《聖經》以求心安平和者有之；遍行天下，走訪名醫尋求奇術者有之；暴飲暴食、憤世嫉俗者有之；心灰意冷，放棄醫療，靜候死神召喚者有之；然則，處變不驚、泰然自若、樂天達觀、吃喝一快、工作積極、社交頻仍、旅遊放懷、但以「管他娘」一語笑謂者亦有之。大智大勇，個中高人，我友王君正中是也。管他娘三字或稍粗俗，但言簡意賅，詼諧兼有哲趣，於是據之謅成俚語長短句三章，寄呈正中詠湘兄嫂一粲，亦供讀者大雅君子酙奪參考：

管他娘 是妙方

泰然不徬徨

小事但一椿

三餐照喫糧

自觧自律好

大道入康莊

日出而作

恰似既往
日入而息
鮮衣登床
倒頭睡到天光亮
黑白藍綠管他娘
朝朝暮暮活神仙
快快樂樂日月長

其一

管他娘　是妙方
泰然不彷徨
小事但一樁　三餐照吃糧
自解自律好　大道入康莊
日出而作　恰似既往
日入而息　解衣登床
倒頭睡到天光亮　黑白藍綠管他娘
朝朝暮暮活神仙　快快樂樂日月長

管他娘　真正夯
委實不誇張
哲理兼諧趣
犀利似刀槍
福歹都是命
原在烏托邦
噢喝拉撒

一切照常
鑼鼓咚鏘
俺是老王
任它周吳趙鄭黃
自求多福管他娘
安安逸逸過此生
逍逍遙遙好兒郎

其二

管他娘　真正夯
委實不誇張
哲理兼諧趣　犀利似刀槍
福歹都是命　原在烏托邦
吃喝拉撒　一切照常
鑼鼓咚鏘　俺是老王
任它周吳趙鄭黃　自求多福管他娘
安安逸逸過此生　逍逍遙遙好兒郎

管他娘　清又芳
蓮花水中央
萬事不勝防
自强比人强
冉冉浮雲起
飄飄昇天堂
心如禪定

何需設防
四圈麻將
連番當莊
春秋大夢放一旁
老神在在管他娘
消食化氣綠豆湯
佛塑金身綻光芒

其三

管他娘　清又芳
蓮花水中央
萬事不勝防　自強比人強
冉冉浮雲起　飄飄昇天堂
心如禪定　何需設防
四圈麻將　連番當莊
春秋大夢放一旁　老神在在管他娘
消食化氣綠豆湯　佛塑金身綻光芒

小妹葳奇郭譽珮
女中豪傑人之最
天生麗質難自棄
淡妝輕抹足堪味
夫君教授項武忠
今朝進士國師位

讜論奔濤黄河水
發瞶震聾不嫌累
夫唱婦隨名人堂
出雙入對龍鳳配
鴻圖大展財氣旺
美滿良緣萬千歲

贈武忠、譽珮兄嫂

小妹葳奇郭譽珮　女中豪傑人之最❶
天生麗質難自棄　淡妝輕抹足堪味
夫君教授項武忠　今朝進士國師位❷
讜論奔濤黃河水❸　發聵震聾不嫌累
夫唱婦隨名人堂　出雙入對龍鳳配
鴻圖大展財氣旺❹　美滿良緣萬千歲

---

❶ 郭譽珮，臺大外文系畢業。當年臺灣大專聯考乙組狀元。麗質天生，有肆應之才。友人咸以「小妹」呼之。葳奇，伊英文名 Vickie 之音譯也。

❷ 項武忠，臺大物理系畢業，美國普林斯頓大學博士。普林斯頓大學教授。臺灣中央研究院院士。

❸ 武忠雖數、理中翹楚，博覽群書，才思敏銳。熟讀文、史，政論精闢。有辯才。語出如江水滔滔。

❹ 譽珮在北加金山灣區經營「明苑」大餐廳，為僑界大聚會之所，聲名遐邇。

北夫南妻雙姓李
前世姻緣結連理
天天天藍天天藍
分分分秒分分你
海上明月共潮升
一條被子永不洗
羨煞天下有情人
爭奈八字少一筆
何需看盡洛城花
晚晴軒中小夜曲

贈歐梵、玉瑩伉儷兄嫂❶

北夫南妻雙姓李　前世姻緣結連理
天天天藍天天藍　分分分秒分分你❷
海上明月共潮升　一條被子永不洗
羨煞天下有情人　爭奈八字少一筆
何需看盡洛城花　晚晴軒中小夜曲❸

---

❶ 李歐梵，臺大外文系畢業，與白先勇、王文興、陳秀美（若曦）同班。哈佛大學博士。曾任美國西北大學、芝加哥大學、洛山磯加州大學及哈佛大學教授。現任香港科技大學榮譽教授，臺灣中央研究院院士。夫人李玉瑩，香港人。

❷ 「天天天藍，教我不想他也難」為臺灣抒情流行曲人人皆知名句。歐梵玉瑩情篤，深愛形影不離，難分難解。伉儷聯名著作數冊。

❸ 晚晴軒，為酒蟹居主人題贈李府齋名。

記得春鷗花爛漫
新燕来時醉舞楼
前院年少鷹揚習
鑄劍人間不識滄
桑變荏苒星移節
序換老去江湖鬢
邊秋霜見惆悵花
前天向晚普城東
望長安遠

蝶戀花

一九八〇年夏，我應普林斯頓大學教授陳大端學長邀約，前往設於佛蒙特州(Vermont)明德大學(Middlebury college)之中文暑期學校授課，先赴普城(Princeton)，歇腳於大學同窗老友普大教授唐海濤學長府第。抵步當夜，把酒歡敘，談說大學舊往：或潛心研習；或激辯發微；或縱酒放歌；或漫步校園椰林大道；或抒豪暢談；或於校門外夜市小吃消夜；或橋（牌）戲達旦……。而今棲遲天涯，時移事易，白髮添霜，但感蕭索，於是酒後口占「蝶戀花」一闋，用誌其事。

記得春鵑花爛漫❶　新燕來時　醉舞樓前院❷　年少鷹揚習鑄劍　人間不識滄桑變　荏
苒星移節序換　老去江湖　鬢邊秋霜見　惆悵花前天向晚　普城東望長安遠

---

❶ 臺大校園遍植杜鵑花，春來迎放，實臺北一景。

❷ 此指校園中之文學院大樓也。

車焚魂驚在半途
束手無援立踟躕
江湖路上多險巇
世間難料禍與福

赴明德大學途中車焚記實❶

車焚魂驚在半途　束手無援立踟躕
江湖路上多險巇　世間難料禍與福

×　×　×

乍見車焚膽欲驚　既知無奈意轉寧
烈火熊熊閑心在　風波處處是人生

---

❶ 一九八〇年六月十二日，我與海濤學長同赴明德大學中文暑校。海濤駕車，自普城至紐約州距首府Albany城約三十哩處，車尾突然起火，爆出巨響。半小時內，全車焚毀。二人束手無策，相顧茫然。事發當晚九時，隨公路警察去紐約，翌日清晨一時始歸返紐澤西(New Jersey)州普城唐府。海濤學長夫人乃瑛嫂以牛肉熱湯麵為我們解飢疲，然餘悸猶存。前詩第一首為我口占記實，第二首為海濤句。

灣區有個夏祖焯
名聞遐邇知音多
工程博士主文藝
絕非信口黑白說
滿堂講座無虛席
侃侃滔滔若大河
好似水漫金山寺

多情許仙愛白蛇
耳順過了氣磅礡
言談風濤撼松栢
曼妙移步舞探戈
聽者如癡人着魔
今朝聆君歌一曲
繞耳音聲猶日昨

祖焯內兄古希壽慶

灣區有個夏祖焯　名聞遐邇知音多
工程博士主文藝　絕非信口黑白說❶
滿堂講座無虛席　侃侃滔滔若大河
好似水漫金山寺　多情許仙愛白蛇❷
耳順過了氣磅礴　言談風濤撼松柏
曼妙移步舞探戈　聽者如癡人著魔
今朝聆君歌一曲　繞耳音聲猶日昨

❶ 臺語「黑白講」，謂胡說八道也。
❷ 祖焯生肖屬蛇。

代均代均好哥們
生日快樂大開心
癌娃小子太囂張
莫怪翻臉不認人
良醫操刀除後患
小子命喪又斷魂

天涯歲月無限好
枕邊老伴最足珍
卿卿我我不離身
愛在心頭難覓尋
親情友情深似海
福滿乾坤一百分

代均七秩晉五大壽

代均代均好哥們❶　生日快樂大開心
癌姓小子太囂張　莫怪翻臉不認人
良醫操刀除後患　小子命喪又斷魂
天涯歲月無限好　枕邊老伴最足珍
卿卿我我不離身　愛在心頭難覓尋
親情友情深似海　福滿乾坤一百分

❶北加州金山灣區有「退休華裔耆英老饕會」，成員約十餘人，皆來自臺灣。程代均與我皆會員。老饕會每週聚會一次，擇一餐館午餐，海闊天空暢所欲言，因無「牽手」在座也。代均染癌，手術前夕逢七五大壽，遂賦俚語長短句為賀。

明月天上有
月女在莊園
翩翩廣寒降
嫦娥到人間
燦爛七月好
爹娘滿心歡

圓盈若玉盤
溫潤似璧環
幽幽清光散
此姝非俗凡
但願人長久
千里共嬋娟

月兒圓❶

明月天上有　月女在莊園
翩翩廣寒降　嫦娥到人間
燦爛七月好　爹娘滿心歡
圓盈若玉盤　溫潤似璧環
幽幽清光散　此姝非俗凡
但願人長久　千里共嬋娟

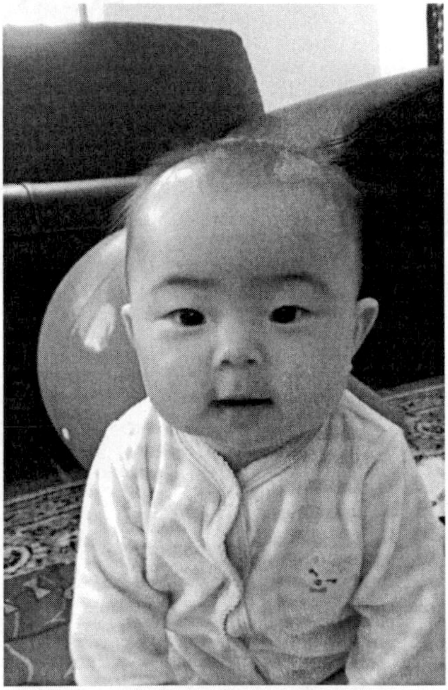

❶ 二〇一三年七月二十九日，誠兒康媳又得一女，小名月月。即製月兒圓以贈。

鳳凰于飛来美西
棲止金山海灣區
有女窈窕伴母行
今夕過訪酒蟹居
二十年前初相值
逝水流瀉不勝昔

歡言談說俱往事
猶似林鳥夜半啼
天涯棲遲五十載
蒹葭白髮已古希
客去皓月中天照
萬縷情愁別依依

應教授鳳凰夜訪酒蟹居

二○○六年八月八日，鳳凰女史偕女仕菱自臺來美夜訪酒蟹居，近子夜始辭去。斯時明月在天，四下俱寂。初識鳳凰，時在約二十年前彼負笈來美，而不期二十年後彼早於學成返臺，任教大專。感念自身天涯棲遲久長，每遇故舊來訪，不免惆悵。

鳳凰于飛來美西　棲止金山海灣區
有女窈窕伴母行　今夕過訪酒蟹居
二十年前初相值　逝水流瀉不勝昔
歡言談說俱往事　猶似林鳥夜半啼
天涯棲遲五十載　蒹葭白髮已古希
客去皓月中天照　萬縷情愁別依依

七十古希今不希
滿街耄耋多如鯽
冬去春來時序換
有幸重做小癩皮
喫喝拉撒沒問題
嘻嘻哈哈嘻哈嘻
老伴說啥不回嘴
道是大智若癡愚
一言九鼎夫人好
緊跟密隨似膠漆

太太萬歲数第一
冒失小子準挨批
老僧入定君莫笑
一步一履上天梯
少猪牛　多鷄魚
青菜豆腐足安逸
好好幹　心別虛
南北過了即東西
擁老妻　稱是的
深藏不露有傍依

婦唱夫隨齊眉樂
地久天長無盡期
童叟無欺肺腑言
一二三四五六七
流水席開通宵旦
細嚼爛嚥如春泥
氣和神閑修福壽
保你活到一百一

天地一沙鷗❶

七十古希今不希　滿街耄耋多如鯽
冬去春來時序換　有幸重做小癩皮
吃喝拉撒沒問題　嘻嘻哈哈嘻哈嘻
老伴說啥不回嘴　道是大智若癡愚
一言九鼎夫人好　緊跟密隨似膠漆
太太萬歲數第一　冒失小子準挨批
老僧入定君莫笑　一步一履上天梯
少豬牛　多雞魚

❶ 二〇〇三年老夫年屆古希，七十老翁特製俚句自壽。天地一沙鷗，遨遊隨風也。

青菜豆腐足安逸
好好幹　心別虛
南北過了即東西
擁老妻　稱「是的」
深藏不露有傍依
婦唱夫隨齊眉樂　地久天長無盡期
童叟無欺肺腑言　一二三四五六七
流水席開通宵旦　細嚼爛嚥如春泥
氣和神閑修福壽　保你活到一百一

夏府行三喚祖麗
人稱小名曰咪咪
爹娘文壇雙碩彥
有女才情繼鉢衣
聲名遠颺傳兩岸
京華南北復東西
嫁與良人張至璋

夫唱婦隨走相依
珠璣洛陽驚紙貴
文名迎風展大旗
域外棲身二十載
花甲猶是萬人迷
空中往来澳台美
猪年大運福壽吉

咪咪花甲大壽

夏府行三喚祖麗　人稱小名曰咪咪
爹娘文壇雙碩彥　有女才情繼鉢衣
聲名遠颺傳兩岸　京華南北復東西
嫁與良人張至璋　夫唱婦隨走相依
珠璣洛陽驚紙貴　文名迎風展大旗
域外棲身二十載❶　花甲猶是萬人迷
空中往來澳台美　豬年大運福壽吉

---

❶ 至璋移民澳洲，任職澳洲國家廣播電臺中文部。

耳順之年大搬家
跨越赤道来美加
鵬鳥水擊三千里
鐵鳥飛行一日達
嘀嘀咕咕幾經年
心横意決我来啦
大包小包親打理
該丢該責任由它
使出喫奶勁
不喘眼不眨

古德拜澳大利亞
哈個骨亞美利加
萬事從頭來
所幸運不差
鍋盤碗筷逐一備
車床桌椅帶沙發
新事新物令人爽
故人故情姐妹花
金山天時冠五洲
華人世界頂呱呱

中文電視朝夕有
一似置身台灣家
葡萄美酒當水喝
魚鮮螃蟹大龍蝦
哈哈哈　我来啦
達達達　吹喇叭
除舊迎新從頭来
漂流歲月又天涯
花旗日子今朝始
是好是歹端看咱

至璋、咪咪移民美國定居加州

耳順之年大搬家　跨越赤道來美加
鵬鳥水擊三千里❶　鐵鳥飛行一日達
嘀嘀咕咕幾經年　心橫意決我來啦
大包小包親打理　該丟該賣任由它
使出吃奶勁　不喘眼不眨
古德拜澳大利亞❷　哈個骨亞美利加❸
萬事從頭來　所幸運不差

---

❶《莊子・逍遙遊》：「鵬之徙於南冥也，水擊三千里，摶扶搖而上者九萬里，去以六月息者也。」
❷古德拜，英文 Goodbye 一詞之音譯。
❸英文詞 Hug，日文發音為「哈骨」。

鍋盤碗筷逐一備　車床桌椅帶沙發
新事新物令人爽　故人故情姐妹花❹
金山天時冠五洲　華人世界頂呱呱
中文電視朝夕有　一似置身台灣家
葡萄美酒當水喝　魚鮮螃蟹大龍蝦
哈哈哈　我來啦
達達達　吹喇叭
除舊迎新從頭來　漂流歲月又天涯
花旗日子今朝始　是好是歹端看咱

❹ 咪咪之姐妹祖美祖葳皆在金山灣區。

鼻竇發炎痰入肺
苦咳不停活受罪
一刀動了後患除
心安鼻爽得好睡

至璋鼻竇炎手術後二章

其一

鼻竇發炎痰入肺　苦咳不停活受罪
一刀動了後患除　心安鼻爽得好睡

引刀成一快
端為鼻竇炎
老境後患絕
寬慰享天年
喫喝形象好
呼吸無餘痰
平臥春夢裏
無需跪坐鑾
重享福與樂
大千任遊仙

其二

引刀成一快　端為鼻竇炎
老境後患絕　寬慰享天年
喫喝形象好　呼吸無餘痰
平臥春夢裏　無須跪坐彎[1]
重享福與樂　大千任遊仙

---

[1] 至璋鼻竇發炎，呼吸不暢，咳嗽頻仍。手術後，兩週內失血不斷。醫生叮囑切不可搬動重物；亦不得洗熱水澡；就寢時頭部必需墊高。返家後，以沙發椅為床，間或跪在床邊入睡。雖如此，曾數度大量流鼻血，衣、被，幾被染紅。受罪一月，始得平臥在床。

龍頭老大有一手
不打草稿不吹牛
老娘苦思紅燒肉
二話不說市場走
燒肉飄香難忍受
引得哥們涎水流
此物又名水晶肘
聞說都想嚐一口

伯母大人樂昏頭
齒頰留香添福壽
袁安卧雪豈古有
今世國荃登榜首
拍手歡笑一嘴油
施府佳話傳千秋
大碗燒肉大碗酒
莫讓哥們等太久

水晶肘子打油戲贈國荃老弟

施國荃，北加州金山灣區「退休華裔耆英老饕會」龍頭老大。耆英老饕會成員十數人（男士），皆來自臺灣。每週定期聚會。國荃家有老母，壽高九十餘。某日，伯母大人苦思紅燒肉，國荃侍母至孝，聞說立赴市場購得蹄膀親為烹之。事為老饕會諸君子知悉，起哄龍頭老大當以水晶肘與眾共享。

龍頭老大有一手　不打草稿不吹牛
老娘苦思紅燒肉　二話不說市場走
燒肉飄香難忍受　引得哥們涎水流
此物又名水晶肘　聞說都想嚐一口
伯母大人樂昏頭　齒頰留香添福壽

袁安臥雪豈古有[1]　今世國荃登榜首
拍手歡笑一嘴油　施府佳話傳千秋
大碗燒肉大碗酒　莫讓哥們等太久

[1] 袁安，東漢人。為人莊重有威。洛陽大雪，人皆紛紛外出乞食。袁安留守在家高臥，因不欲屈己失節也。洛陽令查訪得知，稱其賢，舉為孝廉。

老漢今年八十八
鐵骨神韻臘梅花
口齒清晰記性佳
能喫能睡能拉撒
雞鴨魚肉披薩餅
外加螃蟹大龍蝦

道古談今唱京劇
心如止水一盞茶
自求多福老境好
壽比南山在范家
天上明月是見證
莫笑老漢自賣瓜

范彰老哥米壽

老漢今年八十八❶　鐵骨神韻臘梅花
口齒清晰記性佳　能吃能睡能拉撒
雞鴨魚肉披薩餅　外加螃蟹大龍蝦
道古談今唱京劇　心如止水一盞茶
自求多福老境好　壽比南山在范家
天上明月是見證　莫笑老漢自賣瓜

---

❶ 二〇〇八年（歲次戊子），范彰鄉兄米壽。

一夜咆嘯龍捲風
再發雪真夢魂崩
樹拔垣頹毀鄰舍
風雨倖存二老中
災情慘重無需懼
守得青山又一重
阿彌陀佛是天意
福報隨緣向大同

贈再發、雪真兄嫂受困龍捲風

一夜咆嘯龍捲風　　再發雪真夢魂崩
樹拔垣頹敗鄰舍　　風雨倖存二老中
災情慘重無需懼　　守得青山又一重
阿彌陀佛是天意　　福報隨緣向大同

西元二〇一四年六月十七日零時又半，再發雪真兄嫂威士康幸州陌地生(Mmadison)家居里巷受龍捲風夜襲，幸人安身存。知悉後，立謅俚句電郵傳去遙慰。再發有「龍捲風中一瞬」長詩記述親身經歷感受如下：

樓頭人不寐　　窗前坐中宵

沉沉灰雲重　隱隱悶雷遙
閃電劃遠空　陰風動樹梢
隔窗影憧憧　無端心忉忉
夜來報龍掛　長笛數鳴霄
遲疑觀天色　異響起林皐
才聞如機群　倏忽怒如濤
一時天地坼　鬼哭神哀號
恍惚大空襲　驟然雨如雹
枝葉捲空飛　乒乓玻窗敲
震驚猶未及　咆嘯已寂寥
急奔呼老妻　額慶無妄消
環壁竟完好　滿院橫枝條
隱約窺鄰屋　喬木劇地拋

飛身壓屋頂　脊樑成斷橋
醫警齊湧至　伐木夜連朝
濟助空覆蓋　疏散室飄搖
遠近互走訪　睦鄰敦舊交
欣幸賀平安　把臂更相邀
墟里再振作　共期翻新巢

註：二〇一四年六月十七日零時，龍捲風襲我住家短巷。二三十戶人家，眨眼間屋頂透天者六七，半毀者十餘。街道旁及庭院中直徑一兩尺的老樹（橡木）都連根拔起，楓樹等則攔腰折斷。濃蔭盡禿，滿眼殘破。我家僥倖受損輕微，只被樹粗幹撞破屋瓦及外牆。屋內僅我坐位前的玻窗碎裂，竟受阻於窗紗，我逃過刺膚之痛。那一瞬的經歷，與小時候捱受轟炸一樣，連怕的時間都沒有。眼睜睜看著好物頓時化成劫灰。唯一不同的是，時值子夜，電源又斷，沒看清一步步化灰的詳細過程。龍捲風看像神龍擺尾（稱龍掛），一現蹤影，市府即鳴笛預警。

再發接我信後，七月二十日午後五時二十六分覆信相謝美言，並步我詩韻奉和：

久矣未領莊二風　大口一開勢如崩❶
從知康健元氣壯　快樂美麗幸福中
賀我天幸免無妄　我念酒蟹山幾重
傾杯傾壺更傾意　當時疏狂笑語同

❶ 大口者，「因」字拆開為大口兩字。

八旬老兒要學乖
萬事循矩慢慢来
氣和心平添福壽
體健神爍方不衰
一朝失足千古恨
折骨傷臂無妄災
因禍得福床上卧
老伴護侍心花開
服老始悟不知老
百歲長松善培栽

勞延炯傷臀折骨住院療養

八旬老兒要學乖　萬事循矩慢慢來
氣和心平添福壽　體健神爍方不衰
一朝失足千古恨　折骨傷臀無妄災
因禍得福床上臥　老伴護侍心花開
服老始悟不知老　百歲長松善培栽

二〇一四年十月，八秩老兒勞延炯不慎傷臀折骨，住院療養。特製小詩慰喻並祝早日癒可。

仙家有酒不學禪
佛家無酒信前緣
是仙是佛都不管
禪緣祇在有無間

鄭清茂、林雲、莊因雲林禪寺聯句

仙家有酒不學禪　佛家無酒信前緣
是仙是佛都不管　禪緣只在有無間

一九九六年，歲在丙子。清茂秋鴻兄嫂自美東返臺過加州宿酒蟹居。余夫婦與之同訪柏克萊林雲大師主持之「雲林禪寺」。三人海闊天空，無所不談。茶酒間聯句為樂。首二句為莊因句，第三句為清茂句，第四句為林雲句。

好書推薦

漂流的歲月（上）——故宮國寶南遷與我的成長

莊因 著

本書記錄的既是莊因個人從孩童到壯年的成長歲月和四處遷徙的感懷，也是家國動盪、國寶文物遷徙的歷史。作者的童年與成長歲月就交疊在這些國寶的遷徙軌跡上。自中日戰爭到國共內戰，在漫天烽火中，作者從愚騃的孩童成長為失鄉的少年，再漂流到臺灣，並於數十年「天涯靜處無爭戰」的孤寂歲月中，蛻變為一個志在四海的中年。

漂流的歲月（下）——棲遲天涯

莊因 著

本書是作者少時自中國大陸遷台，接受完結了中式教育之後，跨海天涯行旅，最終棲遲域外的自傳式著述的下冊。所呈現的正是作者漂流海外四十餘年的生活剪影，由青絲而白髮的心路旅程手記。「丁寧無別語，衹道早回鄉」，即是他漂流的歲月的終點。

蘭苑隨筆

鍾梅音 著

本書展現了鍾梅音散文一貫的溫情委婉，不論是瑣細的生活感懷，還是異國人文與景物的風采情調，亦或是東南亞諸國的歷史巡禮，讀者都可以從精鍊的文字中凝聚起豐富的想像，從娓娓的筆觸中感受到恬靜雅致的情懷。《蘭苑隨筆》記錄的不僅是作者個人的見聞，也是記憶著那已經逝去的純真美好歲月。

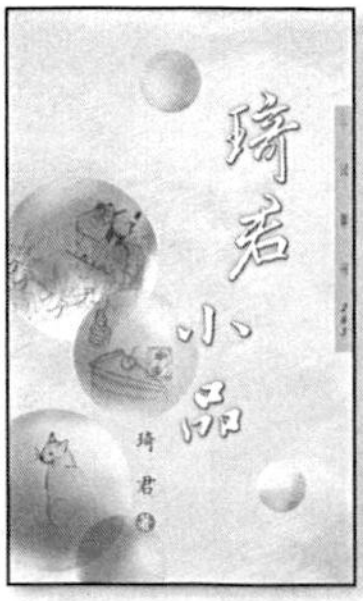

琦君小品（三版）

琦君 著

琦君的作品向以溫暖敦厚著稱，本書集結她各類的創作形式：清新流暢的散文，記錄了對生活的回憶與雜感；精緻細膩的「小小說」，是作者最鍾愛的短篇作品；情韻兼備的填詞創作，充分展現了她深厚的國學涵養；讀書與寫作經驗談，則可一窺其內斂成熟的寫作技巧。就像品嘗一碟爽口的小菜，帶給您清淡恬雅的心靈享受。

國家圖書館出版品預行編目資料

莊因詩畫(二) / 莊因著.——初版一刷.——臺北市: 三民, 2016
面; 公分——(三民叢刊:304)
ISBN 978-957-14-6122-9 (平裝)

851.486 105000791

著作人	莊 因
責任編輯	廖育昕
美術設計	李唯綸
發行人	劉振強
著作財產權人	三民書局股份有限公司
發行所	三民書局股份有限公司
	地址 臺北市復興北路386號
	電話 (02)25006600
	郵撥帳號 0009998-5
門市部	(復北店) 臺北市復興北路386號
	(重南店) 臺北市重慶南路一段61號
出版日期	初版一刷 2016年5月
編號	S 858080

行政院新聞局登記證局版臺業字第〇二〇〇號

ISBN 978-957-14-6122-9 (平裝)

http://www.sanmin.com.tw 三民網路書店

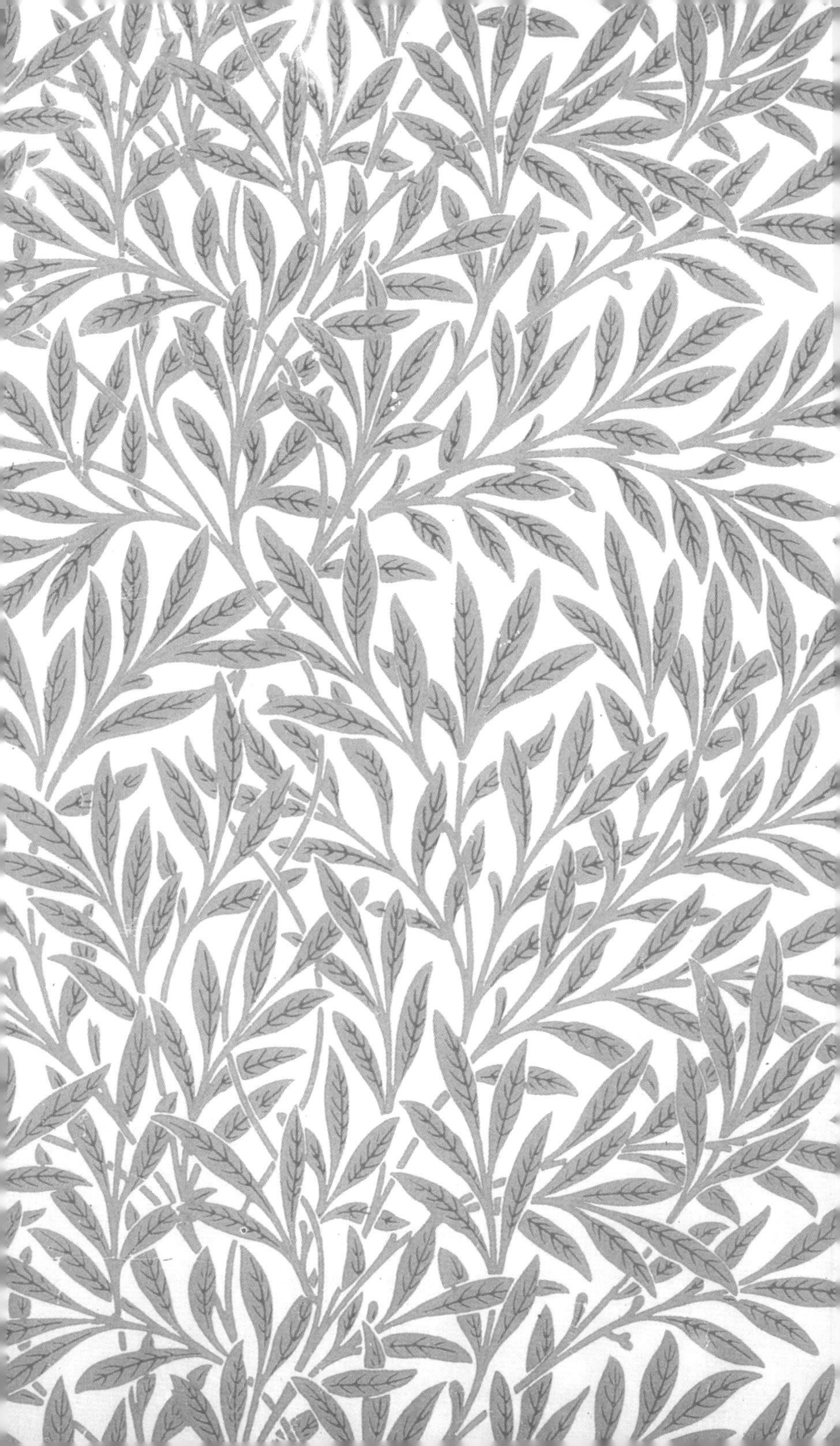